Vente du Samedi 3 Mars 1866

OBJETS D'ART

ET DE CURIOSITÉ

EXPOSITION PUBLIQUE :

Le Vendredi 2 Mars 1866

Mᵉ Ch. PILLET, Commissaire-Priseur

MM. MANNHEIM, Experts

PARIS. — IMPRIMERIE PILLET FILS AINÉ
5, RUE DES GRANDS-AUGUSTINS

CATALOGUE

D'UNE JOLIE COLLECTION

D'OBJETS D'ART

ET DE CURIOSITÉ

Belles Tabatières et Bonbonnières en or ciselé et émaillé du temps de Louis XV
et de Louis XVI ;
Montres anciennes ; Armes orientales et occidentales ;
Armures japonaise et persane ;
Belle paire de Pistolets en acier ciselé ;
Sculptures en bois et en ivoire ; Bronzes d'art et d'ameublement ;
Meubles ;
Onze grandes et belles Tapisseries ;
Tableaux

DONT LA VENTE AURA LIEU

HOTEL DROUOT, SALLE N° 1

Le Samedi 3 Mars 1866

A UNE HEURE ET DEMIE

Par le ministère de Me **CHARLES PILLET**, Commissaire-Priseur,
rue de Choiseul, 14,

Assisté de MM. **MANNHEIM**, Experts, rue de la Paix, 10,

Chez lesquels se distribue le présent Catalogue.

EXPOSITION PUBLIQUE

Le Vendredi 2 Mars 1866, de une heure à cinq heures.

CONDITIONS DE LA VENTE

Elle sera faite au comptant.

Les adjudicataires payeront cinq pour cent en sus des enchères.

L'exposition mettant le public à même de se rendre compte de l'état des objets, il ne sera admis aucune réclamation une fois l'adjudication prononcée.

Paris. Impr. de Pillet fils aîné, rue des Grands-Augustins, 5

DÉSIGNATION

DES OBJETS

Bijoux et Tabatières

1 — Grande et belle boîte ovale en or ciselé et fond de magel-
lan, à cordons et pilastres à feuillages émaillés vert et perles fines. Elle est enrichie de six médaillons ovales en or
repoussé à figures d'amours, avec encadrements émaillés.
Beau travail du temps de Louis XVI. Sur la gorge se
trouve l'inscription suivante . Menière, bijoutier du Roy,
rue Mauconseil, à Paris.

2 — Jolie petite boîte de forme ovale en or guilloché et
émaillé rouge. Elle est enrichie de cordons et de pilastres
en or ciselé se détachant sur un fond d'émail blanc, et son
couvercle est orné d'une jolie peinture sur émail en grisaille,
représentant l'Amour couronné par Vénus. Epoque
Louis XVI.

3 — Bonbonnière ronde en or guilloché et émaillé rouge,
enrichie de cordons à feuillages émaillés vert et de pois
d'émail blanc. Époque Louis XVI.

4 — Grande boîte ronde en or guilloché et émaillé brun, à
cordons ciselés en relief, à feuillages émaillés vert et perles
d'émail imitant l'opale. Son couvercle est enrichi d'une
peinture sur émail, représentant une offrande à l'Amour
avec double encadrement de demi-perles fines. Même
époque.

5 — Boîte ovale en or champlevé à fleurs et oiseaux émaillés
blanc et bleu sur fond rouge, et enrichie de médaillons de
personnages peints sur émail.

6 — Bonbonnière Louis XVI, en or émaillé, fond opale ver-
micellé et cordons ciselés en relief et émaillés en couleurs.

7 — Tabatière en écaille noire, doublée en argent doré;
son couvercle est orné d'un portrait d'homme, peint sur
émail.

8 — Boîte ronde en poudre d'écaille, ornée d'une minia-
ture portrait de femme, et petite boîte en émail de Saxe.

8 *bis* — Tabatière en argent niellé. Travail de Toula.

9 — Montre en or, à mouvement à répétition et figures auto-
matiques. Epoque Louis XVI.

10 — Grosse montre à double boîte en argent, à ornements découpés à jour. Époque Louis XIV.

11 — Montre en or émaillé à figures et vase sur fond bleu et enrichie de perles fines. Époque Louis XVI.

12 — Montre en argent, à double boîte découpée à jour.

13 — Un lot de morceaux d'ambre brut.

Armes orientales

14 — Corselet persan, composé de quatre plaques en damas, à ornements et inscriptions damasquinés en or.

15 — Casque de même travail; il est garni de sa maille et de deux porte-aigrettes.

16 — Brassard en damas, damasquiné en or. Travail persan.

17 — Armure japonaise complète, en fer laqué noir et or, et garnie de passementerie bleue.

18 — Fusil arabe, garni en argent.

19 — Chemise de mailles rivées, garnie de sa collerette dentée.

20 -- Bouclier indien en peau de rhinocéros, à décor d'or sur fond rouge.

21 — Sabre turc, à lame courbe, en damas ; poignée et garniture du fourreau en argent gravé.

22 — Sabre circassien, à poignée et garniture du fourreau en argent niellé.

23 — Ceinture circassienne, en cuir, garnie de bossettes en argent niellé.

24 — Poignard circassien à large lame droite. Poignée et fourreau garnis en argent niellé.

25 — Hache persane en fer et hampe en damas.

26 — Hache persane en damas gravé à figures et hampe laquée.

27 — Arc persan et douze flèches en bois laqué.

28 — Poignard du Sénégal, à poignée et fourreau garnis en argent.

29 — Lance persane en damas à hampe en bois.

30 — Ceinturon, garni de ses ustensiles, enrichis de clous d'argent et de corail. Travail oriental très-curieux.

31 — Deux pièces. Petit ustentile en fer découpé à jour, destiné à servir d'outil pour démonter les armes, et plaque en acier, à ornements, découpés à jour.

32 — Deux pièces. Botte persane en cuivre découpé à jour, et pince à feu de même travail.

33 — Couteau fermant, en damas d'Ispahan, et manche en nacre.

34 — Sabre persan, à lame courbe évidée, en damas.

35 — Deux jolis pistolets circassiens, à canons et batteries damasquinés en or. Ils sont garnis en argent niellé avec inscriptions et ornements. Leurs crosses sont formées de pommes d'ivoire.

36 — Pistolet analogue à ceux qui précèdent ; son canon est en damas.

37 — Poignée et garniture de sabre en acier, damasquiné d'argent. Travail oriental.

Armes occidentales et Fers ouvrés

38 — Très-belle paire de pistolets en fer ciselé, à figures et ornements en relief. Leurs batteries sont enrichies de figurines d'enfants, de dauphins et d'ornements, et sur les canons se trouve le nom : GIO. MARIA. FRANCIt XVIIe siécle.

39 — Fusil dont la batterie à rouet présente des ornement[s] et des figures gravées ; son bois est entièrement couvert d'incrustations d'ivoire gravé à sujets de chasse et ornements. XVIe siècle.

39 *bis* — Beau fusil de Boutet fils, à Versailles. Son bois est richement sculpté à têtes d'animaux et ornements; son canon bleu est damasquiné en or, et ses sous-garde, crosse et garnitures, sont en argent très-finement ciselé.

40 — Pistolet avec monture en cuivre gravé et canon damasquiné en argent, à ornements et inscriptions.

41 — Petit pistolet à deux coups, à crosse en acier ciselé à trophées d'armes et ornements sur fond damasquiné en or. Epoque Louis XIV.

42 — Gros cadenas du temps de Louis XIV, à ornements et bustes gravés. Sa clef découpée à jour est surmontée d'une couronne.

43 — Grande clef en fer à tête enrichie d'ornements découpés à jour et présentant les lettres A B, ainsi que la date 1762.

Porcelaines et Faïences

44 — Tasse et sa soucoupe en ancienne porcelaine de Sèvres, pâte tendre, à décor de fleurs, oiseaux et attributs en couleurs, et bandes à décor d'or sur fond bleu.

45 — Pot à eau, accompagné de sa cuvette et d'une tasse, à décor d'ornements à rinceaux, vases de fleurs et attributs. Manufacture de M. le duc d'Angoulême.

46 — Ecuelle et son plateau de même porcelaine, à décor
d'amour en camaïeu grisaille.

47 — Pot à crême, à bain-marie, de même porcelaine et de
décor analogue.

48 — Pot à tabac en ancienne porcelaine de Chine, à décor
de fleurs émaillées en couleurs.

49 — Trois tasses et sept soucoupes en ancienne porcelaine
de Chine, à décor de figures et de fleurs en couleurs.

50 — Bol en porcelaine de Chine, boîte à thé en vieux
japon garnie en argent et plat à barbe en vieux japon.

51 — Tasse et deux soucoupes en porcelaine de Berlin, à décor de fleurs en couleurs.

52 — Trois jolies jardinières en ancienne faïence de Niderwil-
ler, à paysages en camaïeu rose et riche décor d'or.

53 — Deux verres à figures et blasons émaillés en couleurs.
L'un d'eux présente la figure de Louis XIV, ainsi que les
armes de France et de Navarre et la date 1664. L'autre
offre la figure d'Auguste le Fort, et les armes de Saxe et
de Pologne et la date 1670.

Sculptures et Bronzes

54 — Deux figurines en bronze : Hercule et Bacchus debout.
Époque Louis XIV.

55 — Deux autres figurines en bronze ; Bacchus jeune, d'après
l'antique, et Antinoüs debout.

56 — Deux autres statuettes : Vénus au dauphin et Mercure.

57 — Deux figures en bronze : Antinoüs debout et Vénus de
Médicis.

58 — Petite pendule Louis XVI, en bronze, à mufles de lion
et guirlandes de laurier.

59 — Groupe en bois sculpté. La Vierge, l'Enfant Jésus et
saint Jean.

60 — Christ en ivoire sculpté, sur croix en bois d'ébène.
XVIIᵉ siècle.

61 — Groupe en ivoire sculpté à figures.

62 — Noix de coco richement sculptée à fleurs et inscriptions.
Travail persan.

Meubles

63 — Console en bois sculpté et doré, à mascarons, guir
landes de lauriers et ornements. Travail italien du temps
de Louis XVI.

64 — Petit cabinet vénitien à un vantail, tiroirs et colonnettes
à l'intérieur, en bois peint, et médaillons en nacre.

Tapisseries et Étoffes

65-75 — Onze grandes tapisseries anciennes, à sujets tirés
de l'histoire de Psyché, et autres, à sujets tirés de l'histoire romaine. Elles seront vendues séparément.

Tableaux

76 — École hollandaise. — Paysage avec figures et animaux

77 — École hollandaise. — Deux tableaux: Danse villageoise
et Marché aux bestiaux.

78 — École française. — Portrait du duc de Bourgogne, peint sur panneau.

79 — École de Mignard. — Portrait de femme. Tableau ovale.

corbeau 41. —

3 figures 27. —

2 figures 60. —   9,40

1 groupe 60. —
                188
                9. 40

            197. 40
            198. 50